U0064841

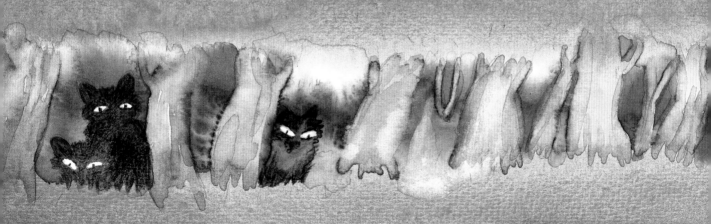

Fun 心讀雙語叢書建議適讀對象：

初級	學習英文 0～2 年者
中級	具基礎英文閱讀能力者（國小 4～6 年級）

Tabitha and the Laughing Hyenas

小老鼠貝貝與土狼

Marc Ponomareff　著

王平、倪靖、郜欣　繪

國家圖書館出版品預行編目資料

Tabitha and the Laughing Hyenas:小老鼠貝貝與土狼
／ Marc Ponomareff 著;王平,倪靖,鄖欣繪;本局編
輯部譯.－－初版一刷.－－臺北市：三民，2005
面；　公分.－－(Fun心讀雙語叢書.小老鼠貝貝
歷險記系列)
中英對照
ISBN 957－14－4227－5　（精裝）
1.英國語言－讀本
805.18　　　　　　　　　　　　94001177

網路書店位址　http://www.sanmin.com.tw

© Tabitha and the Laughing Hyenas
—— 小老鼠貝貝與土狼

著作人	Marc Ponomareff
繪　者	王平　倪靖　鄖欣
譯　者	本局編輯部
出版諮詢顧問	殷偉芳
發行人	劉振強
著作財產權人	三民書局股份有限公司 臺北市復興北路386號
發行所	三民書局股份有限公司 地址／臺北市復興北路386號 電話／(02)25006600 郵撥／0009998－5
印刷所	三民書局股份有限公司
門市部	復北店／臺北市復興北路386號 重南店／臺北市重慶南路一段61號
初版一刷	2005年2月
編　號	S 805101
定　價	新臺幣壹佰捌拾元整

行政院新聞局登記證局版臺業字第○二○○號

有著作權‧不准侵害

ISBN　957－14－4227－5　（精裝）

For Justine

Two elephants stood in the long grass, waiting for their daughter. Soon Jessica, a baby elephant, walked up to her parents. The elephants touched their trunks* together, saying hello.

*為生字，請參照生字表

2

Then the parents saw Tabitha. Both elephants rolled their eyes. The father stamped* a foot against the ground.

"Why is there a mouse with you?" said the father.

"She's my friend," answered Jessica.

The mother snorted* a blast* of air from her trunk. She did not sound happy.

"I promised her she could come home with us," said Jessica.

Tabitha raised her head up, and back, and further back—until she could see the father elephant's eye, high above her. It was staring at her.

"As long as* she stays outside our village," said the father.

The grown-ups turned and walked away. Jessica picked Tabitha up with her trunk. She sat the mouse on top of her head. Then she hurried after her parents. She curled* her trunk around her mother's tail, so that she would not get lost in the dark.

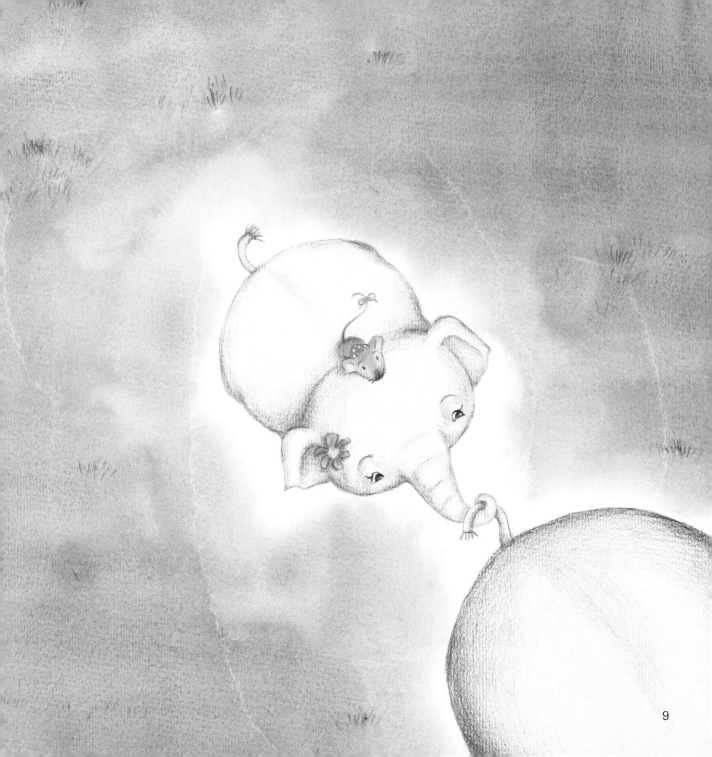

The elephants walked through the night. As the sun was beginning to rise, Tabitha heard strange noises. It sounded like laughter.

"What's that?" asked Tabitha, looking about.

"It's those hyenas," said the father.

"They love to make fun of other animals," said Jessica.

Soon Tabitha was able to see the hyenas. They looked like large, fierce* dogs. They seemed to be smiling, showing all of their teeth.

"Look how slow these elephants are!" said one hyena's voice.

"That's because they're so fat!" said another.

"How rude!" said Tabitha, frowning* at the hyenas.

"Ha-ha! Look at what's sitting on top of the little one's head! A mouse!"

Some of the hyenas rolled about on the ground, overcome* by laughter.

"These elephants are really stupid! Ha-ha!"

Several hyenas ran around Jessica's legs, trying to make her trip. She stumbled*, and Tabitha did a somersault* in the air. The mouse almost fell to the ground.

Tabitha began to feel angry. She wanted to teach the hyenas a lesson.

She saw they had reached the first trees of the jungle. Large, round seeds lay on the ground, under the trees.

"When I lived at the circus*," said Tabitha, "I saw an elephant use its trunk like a pea-shooter. Well, just look at all these seeds lying about...."

"A good idea!" said the father.

The elephants picked up many of the seeds with their trunks. With a great blast of air, they sent them flying into the pack of hyenas.

"Ow! Ow! Ow!" yelped the hyenas. They were no longer laughing. One of them even seemed to be crying, and was rubbing an eye with its paw*.

With their tails between their legs, the hyenas disappeared into the grass.

The father elephant gave Tabitha a friendly look.

The mother, too, seemed to be smiling.

Tabitha felt happy. She realized that Jessica's parents were beginning to like her.

生字表 ㄕㄥ ㄗˋ ㄅㄧㄠˇ

adj.= 形ㄒㄧㄥˊ容ㄖㄨㄥˊ詞ㄘˊ， n.=名ㄇㄧㄥˊ詞ㄘˊ， v.=動ㄉㄨㄥˋ詞ㄘˊ

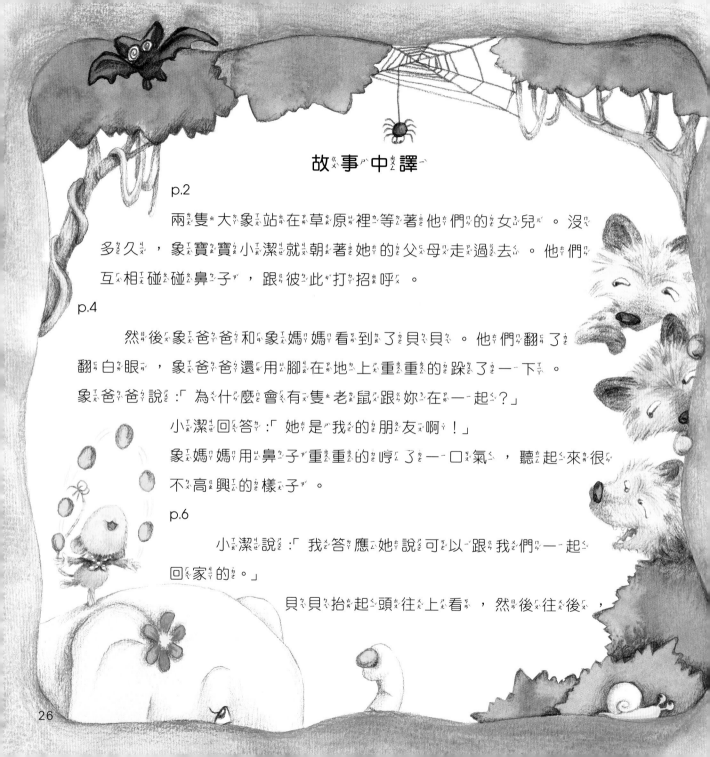

故事中譯

p.2

兩隻大象站在草原裡等著他們的女兒。沒多久，象寶寶小潔就朝著她的父母走過去。他們互相碰碰鼻子，跟彼此打招呼。

p.4

然後象爸爸和象媽媽看到了貝貝。他們翻了翻白眼，象爸爸還用腳在地上重重的跺了一下。

象爸爸說：「為什麼會有隻老鼠跟妳在一起？」

小潔回答：「她是我的朋友啊！」

象媽媽用鼻子重重的哼了一口氣，聽起來很不高興的樣子。

p.6

小潔說：「我答應她說可以跟我們一起回家的。」

貝貝抬起頭往上看，然後往後，

26

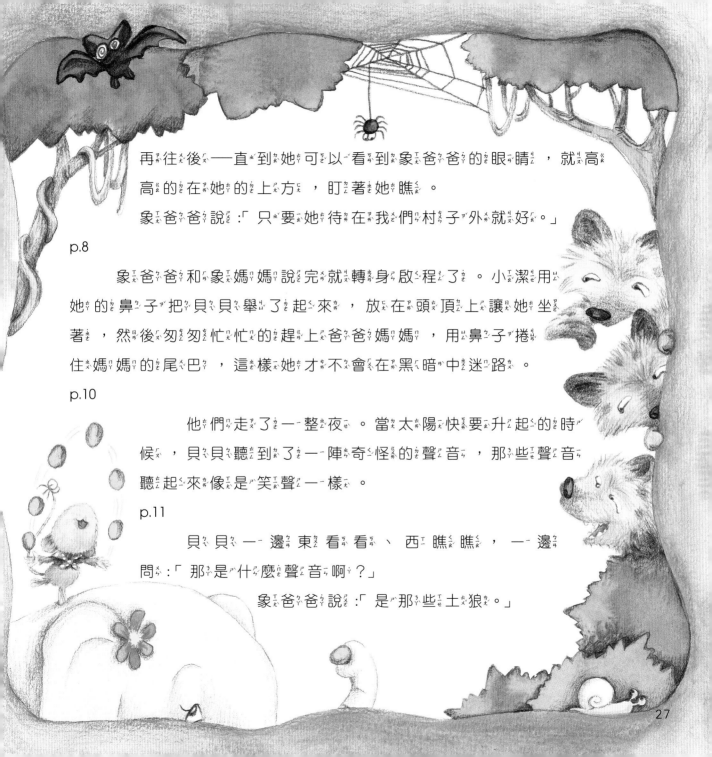

再往後──直到她可以看到象爸爸的眼睛，就高高的在她的上方，盯著她瞧。

象爸爸說：「只要她待在我們村子外就好。」

p.8

象爸爸和象媽媽說完就轉身啟程了。小潔用她的鼻子把貝貝舉了起來，放在頭頂上讓她坐著，然後匆匆忙忙的趕上爸爸媽媽，用鼻子捲住媽媽的尾巴，這樣她才不會在黑暗中迷路。

p.10

他們走了一整夜。當太陽快要升起的時候，貝貝聽到了一陣奇怪的聲音，那些聲音聽起來像是笑聲一樣。

p.11

貝貝一邊東看看、西瞧瞧，一邊問：「那是什麼聲音啊？」

象爸爸說：「是那些土狼。」

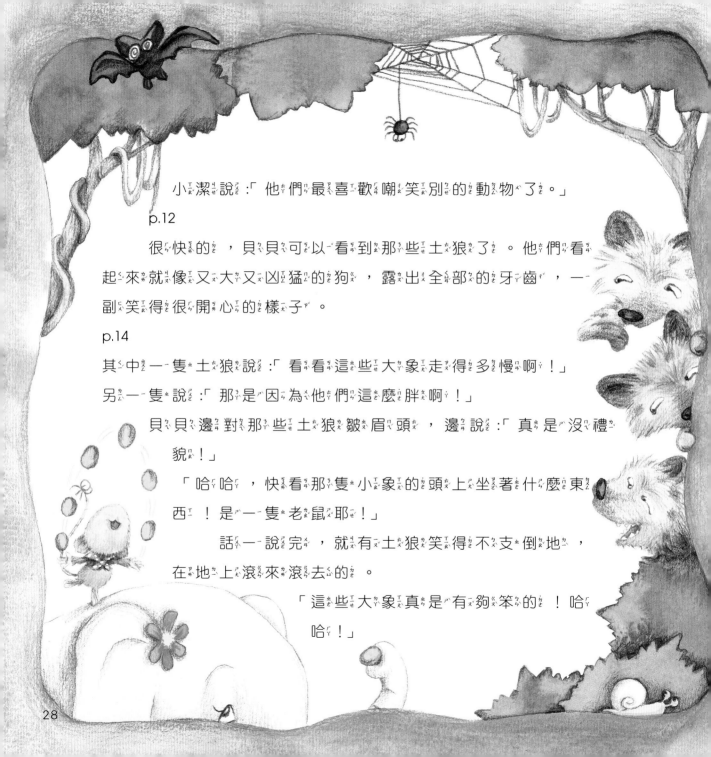

小潔說：「他們最喜歡嘲笑別的動物了。」

p.12

很快的，貝貝可以看到那些土狼了。他們看起來就像又大又凶猛的狗，露出全部的牙齒，一副笑得很開心的樣子。

p.14

其中一隻土狼說：「看看這些大象走得多慢啊！」

另一隻說：「那是因為他們這麼胖啊！」

貝貝邊對那些土狼皺眉頭，邊說：「真是沒禮貌！」

「哈哈，快看那隻小象的頭上坐著什麼東西！是一隻老鼠耶！」

話一說完，就有土狼笑得不支倒地，在地上滾來滾去的。

「這些大象真是有夠笨的！哈哈！」

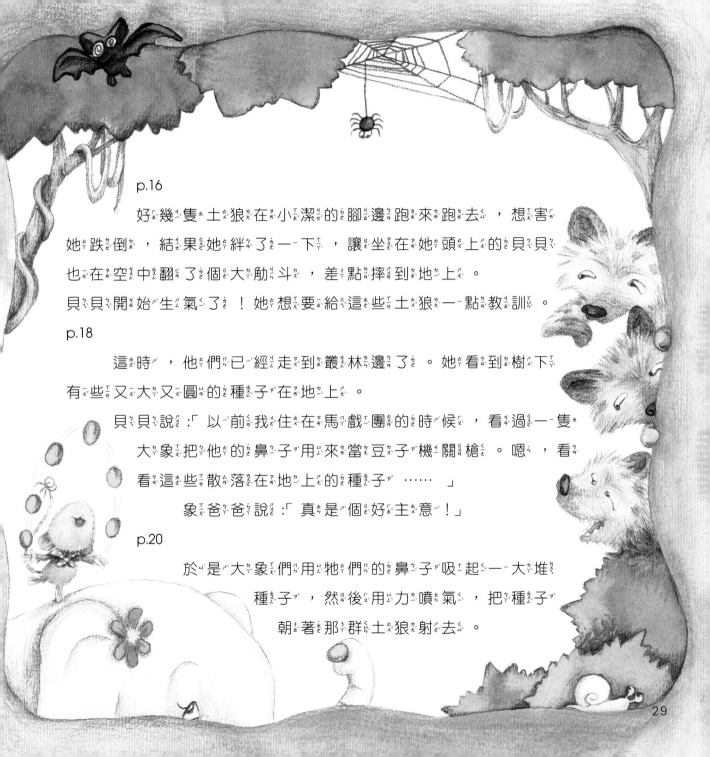

p.16

好幾隻土狼在小潔的腳邊跑來跑去，想害她跌倒，結果她絆了一下，讓坐在她頭上的貝貝也在空中翻了個大觔斗，差點摔到地上。

貝貝開始生氣了！她想要給這些土狼一點教訓。

p.18

這時，他們已經走到叢林邊了。她看到樹下有些又大又圓的種子在地上。

貝貝說：「以前我住在馬戲團的時候，看過一隻大象把他的鼻子用來當豆子機關槍。嗯，看看這些散落在地上的種子……」

象爸爸說：「真是個好主意！」

p.20

於是大象們用牠們的鼻子吸起一大堆種子，然後用力噴氣，把種子朝著那群土狼射去。

29

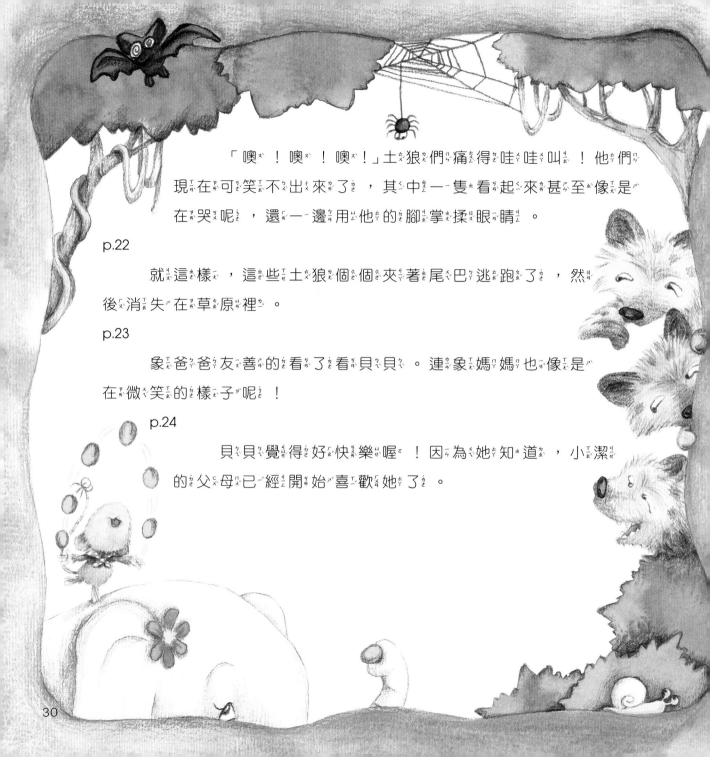

「噢！噢！噢！」土狼們痛得哇哇叫！他們現在可笑不出來了，其中一隻看起來甚至像是在哭呢，還一邊用他的腳掌揉眼睛。

p.22

就這樣，這些土狼個個夾著尾巴逃跑了，然後消失在草原裡。

p.23

象爸爸友善的看了看貝貝。連象媽媽也像是在微笑的樣子呢！

p.24

貝貝覺得好快樂喔！因為她知道，小潔的父母已經開始喜歡她了。

延_一伸_一練_一習_一

Part 1. 填　空

下面一共有三組故事裡的對話，請先聽一遍 CD 的 Track 4，仔細聽每個角色說的話，並把空格中的字填上去。準備好了嗎？ GO！

1

a) I promised her she could come home with us.

b) _____ she stays outside our village.

2

a) What's that?

b) It's those _____.

31

3

a) When I lived at the _____, I saw an elephant use its trunk like a pea-shooter. Well, just look at all these seeds lying about...

b) A good idea!

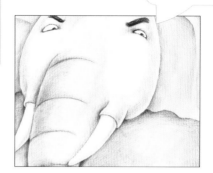

 Part 2. 換ㄏㄨㄢˋ 你ㄋㄧˇ 來ㄌㄞˊ 說ㄕㄨㄛ 說ㄕㄨㄛ 看ㄎㄢˋ!

空ㄎㄨㄥ 格ㄍㄜˊ 內ㄋㄟˋ 的ㄉㄜ 字ㄗˋ 都ㄉㄡ 填ㄊㄧㄢˊ 好ㄏㄠˇ 了ㄌㄜ 嗎ㄇㄚˊ ？ 那ㄋㄚˋ 麼ㄇㄜ 接ㄐㄧㄝ 下ㄒㄧㄚˋ 來ㄌㄞˊ ， 換ㄏㄨㄢˋ 你ㄋㄧˇ 開ㄎㄞ 口ㄎㄡˇ 說ㄕㄨㄛ 說ㄕㄨㄛ 看ㄎㄢˋ 嚕ㄌㄨ ！

① 首ㄕㄡˇ 先ㄒㄧㄢ ， 請ㄑㄧㄥˇ 聽ㄊㄧㄥ CD的ㄉㄜ Track 4 ， 跟ㄍㄣ 著ㄓㄜ 貝ㄅㄟˋ 貝ㄅㄟˋ 、 小ㄒㄧㄠˇ 潔ㄐㄧㄝˊ 和ㄏㄢˋ 象ㄒㄧㄤˋ 爸ㄅㄚˋ 爸ㄅㄚˋ 把ㄅㄚˇ 每ㄇㄟˇ 個ㄍㄜ 句ㄐㄩˋ 子ㄗ 都ㄉㄡ 唸ㄋㄧㄢˋ 出ㄔㄨ 來ㄌㄞˊ 。

② 接ㄐㄧㄝ 著ㄓㄜ ， 請ㄑㄧㄥˇ 聽ㄊㄧㄥ CD的ㄉㄜ Track 5 ， 對ㄉㄨㄟˋ 話ㄏㄨㄚˋ 裡ㄌㄧˇ 的ㄉㄜ a 部ㄅㄨˋ 份ㄈㄣˋ 會ㄏㄨㄟˋ 先ㄒㄧㄢ 被ㄅㄟˋ 唸ㄋㄧㄢˋ 出ㄔㄨ 來ㄌㄞˊ ， 後ㄏㄡˋ 面ㄇㄧㄢˋ 會ㄏㄨㄟˋ 有ㄧㄡˇ 一ㄧ 小ㄒㄧㄠˇ 段ㄉㄨㄢˋ 空ㄎㄨㄥ 白ㄅㄞˊ ， 不ㄅㄨˊ 要ㄧㄠˋ 害ㄏㄞˋ 怕ㄆㄚˋ ， 大ㄉㄚˋ 聲ㄕㄥ 的ㄉㄜ 把ㄅㄚˇ b 部ㄅㄨˋ 份ㄈㄣˋ 唸ㄋㄧㄢˋ 出ㄔㄨ 來ㄌㄞˊ 吧ㄅㄚ ！

③ 現ㄒㄧㄢˋ 在ㄗㄞˋ ， 輪ㄌㄨㄣˊ 到ㄉㄠˋ 你ㄋㄧˇ 來ㄌㄞˊ 唸ㄋㄧㄢˋ a 部ㄅㄨˋ 份ㄈㄣˋ 了ㄌㄜ 。 請ㄑㄧㄥˇ 聽ㄊㄧㄥ CD的ㄉㄜ Track 6 ， 注ㄓㄨˋ 意ㄧˋ 聽ㄊㄧㄥ CD 裡ㄌㄧˇ 的ㄉㄜ 提ㄊㄧˊ 示ㄕˋ ， 然ㄖㄢˊ 後ㄏㄡˋ 大ㄉㄚˋ 聲ㄕㄥ 的ㄉㄜ 朗ㄌㄤˇ 誦ㄙㄨㄥˋ 出ㄔㄨ 來ㄌㄞˊ 吧ㄅㄚ ！ 一ㄧ 開ㄎㄞ 始ㄕˇ 不ㄅㄨˋ 熟ㄕㄡˊ 悉ㄒㄧ 沒ㄇㄟˊ 有ㄧㄡˇ 關ㄍㄨㄢ 係ㄒㄧˋ ， 再ㄗㄞˋ 回ㄏㄨㄟˊ 到ㄉㄠˋ Track 4 多ㄉㄨㄛ 練ㄌㄧㄢˋ 習ㄒㄧˊ 幾ㄐㄧˇ 次ㄘˋ ， 你ㄋㄧˇ 就ㄐㄧㄡˋ 會ㄏㄨㄟˋ 越ㄩㄝˋ 來ㄌㄞˊ 越ㄩㄝˋ 熟ㄕㄡˊ 練ㄌㄧㄢˋ 了ㄌㄜ 。

關於土狼的小常識

　　我是鬣狗，也就是人家俗稱的土狼。別看我長的不討喜，我可是很聰明的喔！我在獵捕動物時通常是單獨行動；不過當遇到比較大型的動物，例如斑馬、羚羊和水牛等，會跟其他土狼集體行動。我們合作的方式是派一群同伴在較遠的地方埋伏，另一群先發動攻擊，等到獵物被逼到我們先前埋伏的範圍內，我們就會趁機把跑累的獵物撲倒。怎麼樣？是不是很有智慧啊？

　　我們土狼有雄性和雌性，不過，因為雄性和雌性土狼的生殖器官長的很像，一般人很難從外表上分辨我們的性別。

　　雌性土狼的體型通常比雄性大，主導性也比較強。在一個群體裡，雄性土狼會在交配之後離開這個團體，而雌性土狼則會留下來，準備照顧即將誕生的小生命。

我們土狼的一些特性：
* 我們的前腳比後腳長。
* 我們的牙齒很尖銳，可以輕易咬碎敵人或獵物的骨頭。
* 我們的消化功能非常強，可以消化骨頭、牙齒和粗糙的毛皮喔！
* 我們通常在白天睡覺，晚上才會出來活動。
* 我們可以每天都喝水，也可以在缺水的乾燥環境裡生存一段時間。

　　哈哈哈哈，大家對土狼的印象就是「愛笑」，那是因為我們的叫聲，很像嬰兒被逗弄時所發出的笑聲。除此之外，我們也會發出一些嗚咽的呼喊、咆哮的聲音，藉此讓獵物們害怕，也順便集合其他土狼們。哈哈哈哈！

　　除了聲音，身上的斑點（有的是條紋）和又粗又短的毛，也是認出我們的另一個方法。我們的毛是褐色的，年紀越大，毛的顏色會越淺，斑點也會越來越不明顯。

1. b) As long as
2. b) hyenas
3. a) circus

34

導讀

出版諮詢顧問／殷偉芳

　　在日常生活中，我們常會遇到言行舉止像故事中「土狼」般的人，為了逞一時口舌之快，便隨意的嘲諷、譏笑他人；而孩子的模仿力強，自制能力卻比成人差，很容易在耳濡目染之下，有樣學樣的做出相同的舉動。當我們發現小朋友在同儕之間有不尊重他人的行為，像是取笑身材比較豐腴的同學，或是用肢體欺負反應較遲鈍的孩子時，大人們應該及時勸止，並藉機灌輸孩子「尊重每一個獨立個體」的觀念。反而觀之，有些孩子會因為被欺侮、嘲弄而感到自卑，所以適時的鼓勵孩子，並教導他們對自我價值的肯定及自信心的建立，也是相當重要的，即使遇到有人惡意嘲笑，也能抬頭挺胸，勇敢面對。故事中小老鼠貝貝和象寶寶小潔的勇氣與機智，就是一個很好的榜樣喔！

　　本書所附的練習活動著重在英文聽力與口語能力。其實英文的拼字和發音之間的關係是有規則可循的。與其要求小朋友死記單字，不如鼓勵他們多看幾次故事，或跟著書裡附的朗讀 CD 大聲朗誦，藉由這個過程，學習分析聲音和字母之間的關係，剛學會的字才不至於一下子又忘光！

小老鼠貝貝歷險記系列
Tabitha and the Elephants

Marc Ponomareff　著／王平，倪靖，郜欣　繪／本局編輯部　譯

精裝／附中英雙語朗讀ＣＤ／全套六本

一隻機智勇敢的小老鼠，
一隻真誠可愛的象寶寶，
六本為孩子量身打造的雙語繪本，
讓你在一連串驚險刺激的冒險故事中學英文！

看小老鼠貝貝與象寶寶小潔，
如何在土狼、蟒蛇、鱷魚、及獅子的威脅下，
靠著默契與機智度過一次次的難關！！

WELCOME

A to Z
26 Tales

FUN心讀雙語叢書

二十六個妙朋友，陪你一起

✿26個妙朋友系列✿

二十六個英文字母，二十六冊有趣的讀本，最適合初學英文的你！

快樂學英文！

精心錄製的雙語CD，
  讓孩子學會正確的英文發音
用心構思的故事情節，
  讓兒童熟悉生活中常見的單字
特別設計的親子活動，
  讓家長和小朋友一起動動手、動動腦